백자부 白磁賦

한 국 대 표
명 시 선
1 0 0

김 상 옥

백자부 白磁賦

시인생각

■ **자서**自序

참대처럼 청청靑靑하고 수런대던 날들이 내게서 다 가버린 것인가. 이미 귀밑에 내린 서리가 아직 남의 일만 같다.

진실로 시詩를 찾는 노릇, 시를 빚는 몸가짐이 얼마나 지난至難하며 또 얼마나 지복至福한지, 내 비로소 어렴풋이 깨달아짐을 알겠다.

초 정 艸丁

<자선시선집 『삼행시 63편』에서>

■ 차 례 ———————————————— 백자부白磁賦

1

부재不在

문빗장
걸려있고
섬돌 위엔 신도 없다.

대낮은
아닌 밤중
이웃마저 부재하고,

초목만
짙고 푸르러
기척 하나 없는 날은.

백자白瓷

상머리
돌아온 달머리
시정은 까마아득하다.

어떤 기교
어떤 품위도
아예 가까이 오지 말라

저 적막
범할 수 없어
꽃도 차마 못 꽂는다.

난蘭 있는 방房

난 있는 방이든가, 마음도 귀가 밝다.

얼마를 닦았기에 눈빛마저 심심한고

흰 장지 구만리九萬里 바깥, 손 내밀 듯 뵌다

항아리

종일 시내市內로 헤갈대다 아자방亞字房엘 돌아오면
나도 이미 장欌안에 한 개 백자白瓷로 앉는다.
때 묻고 얼룩이 배인 그런 항아리로 말이다.

비도 바람도 그 희끗대던 진눈깨비도
누누累累한 마음도 마저 담았다 비운 둘레
이제는 또 뭐로 채울 건가 돌아도 아니 본다.

이조李朝의 흙

솔씨가 썩어서 송진을 게워내기까지
송진이 굳어서 반쯤 밀화蜜花가 되기까지
용하다 이조의 흙이여, 너는 얼마만큼 참았는가.

슬픈 손금을 달래던 마음도 네게로 가고
그 숱한 비바람도 다 네게로 갔는데
지금쯤 이조의 흙이여 너는 어디만큼 닿았는가.

하룻밤 칼을 돌려대고 5백 년 훔쳐 온 이름
어느 골짜기 스스로 무구無垢한 눈을 길러
끝끝내 찾아낸 네 유백乳白의 살은 또 어디로 옮겼는가.

그 문전_{門前}

모처럼
지는 꽃 손에 받아
사방을 두루 둘러본다

지척엔
아무리 봐도
놓아 줄 손이 없어

그 문전
닿기도 전에
이 꽃잎 다 시들겠다.

촉촉한 눈길

어느
먼 창가에서
누가 손을 흔들기에

초여름
나무 잎새들
저렇게도 간들거리나

이런 때
촉촉한 눈길
내게 아직 남았던가.

꽃의 자서自敍

지난 철 가시구렁 손톱이 물러빠져
눈 덮인 하늘 밑창 발톱마저 물러빠져
뜨겁고 아픈 경치를 지고 내 예꺼정 왔네.

뭉개진 비탈 저쪽 아득히 손채양 하고
귀밑볼 사운대던 그네들 다 망설여도
오지게 눈치 없는 차림 내 또 예꺼정 왔네.

억새풀

봉은사奉恩寺 가는 길은 억새풀 바다였다.
천千이랑 만萬이랑 벌판을 덮던 물결
황량荒凉도 아름다울손, 그 가을 그 억새……

멀리 해으름은 솔푸른 그늘에 젖고
신간新刊 고서古書들 나란히 꽂힌 방안
억새풀 우짖는 소리, 승속僧俗 따로 없었다.

봄

동냥 온
낡은 쪽박 속에도
눈부신 햇살이 쏟아져요.

이런 날
수염 난 하느님도
저 달동네 개구쟁이처럼

찌 찌 찌
추녀 밑 제비 새끼랑
해종일 재잘거리고 놀아요.

늪가에 앉은 소년

생시엔 꿈도 깰 수 없어, 연방 내려쬐는 뙤약볕은 무섭도록 고요하다. 혼자 뒤처진 한 소년이 늪가에 앉아, 피래미 새끼 노니는 것을 보고 있다.

그 백금빛 반짝이는 늪물 속엔 장대가 하나 꽂혀있다. 장대의 그림자도 물에 꺾인 채 거꾸로 꽂혀있다. 멀리서 터지는 포砲소리, 이웃끼리 서로 살상殺傷하는 저 무서운 포소리에, 놀랜 어린 새가 앉을 데를 찾다가 장대 끝에 앉는다. 어린 새의 체중이 장대를 타고 흔들린다. 털끝만큼 흔들린 장대는 물위에다 몇 겹으로 작은 파문波紋을 그린다.

이 순간, 파문에 놀랜 피래미떼는 달아나고, 장대 끝에 앉은 어린 새모양, 혼자 뒤처진 그 소년도 연방 물속으로 늪물 속으로 빨려 들어갈 듯 앉아 있다.

2

전설傳說 기일其一

카이저수염을 한 어느 도적놈 소굴

주름 번득이는 검은 바월 등지고

꽃 같은 촉루髑髏가 나와 샘을 긷고 있었다.

전설傳說 기이其二

천년 반석 밑에 그날 같이 고인 물빛!

한 방울 지는 소리 파뿌리 청상靑孀 과수

그 아미蛾眉 싱그러운 볼도 한 이불에 재운다.

가을 뜨락에 서서

이마에 마구 짓이기던 그 독毒한 꽃물도
몸에 둘렀던 그 짙고 어두운 그늘도
이제는 다 벗을 수밖에…… 벗을 수밖에……

채어올린 물고기 그 살비린 숨 가쁨
낱낱이 비눌쳐 낸 지친 뜨락에 나서면
보아라, 혼령마저 적시는 이 순금純金의 소나기.

다들 올올 떨며 싸늘한 잔盞을 서로 대질러
찢긴 남루자락 휘몰아 질펀한 자리
이제는 쉽게 슬플래도 슬퍼질 수가 없어……

허구헌 나날 눈 익힌 길은 다시 서툴고
더는 내려설 수 없는 그 어느 돌계단
또 뉘가 낭자한 인육印肉으로 저 아픔을 찍는가.

착한 마법魔法

몇 십층十層 빌딩보다 오히려 키가 큰 너
지금 먼지구덕에 어깨 쭈그리고 앉았지만
한때는 불구덩에 휘말려도 차디찬 눈발 끼얹던 너!

너는 언제나 시들지 않는 꽃을 입고 있다
너는 목도리로 뇌문雷文을 휘감고 있다
그리고 또 하늘도 구기지 않고 그대로 담고 있다.

몸

분명히 입성인걸, 하염없이 앉은 이 몸
한 자락 하늘 끝에 머흐는 구름인걸
목숨이 잠시 입었다 벗어두고 가지만.

무엔가 목숨이란 빛도 꼴도 없는 그것
한 송이 꽃이랄까 한 알의 열매랄까
아늑히 미묘한 숨결, 숨겼던 집이랄까.

물로도 흙으로도 뒤집다 나타나다
굳은 채 돌이 되면 그 속에 갇히는 것
부르면 이름을 업고, 모양 지어 나오는 것.

나의 악기樂器

실로 몇백 년 묵은 악기 한 채가 놓였것다
줄도 다 끊어지고, 안족雁足도 닳아 망가지고
애타던 그 무릎 위에서 제소리 한번 못꾸린 악기.

몇 번은 혼수에 빠지고, 몇 번은 까무러치고
모골毛骨이 조이도록 뜬눈을 꼬박 지새인 밤은
피맺힌 이 열 손가락 진물 흐르기 몇 번이던고!

내 이제 가락을 찾아 미처 모를 춤을 춘다.
홀리던 귀신鬼神도 타일러 저만치 눌러 앉히고
하늘을 온통 물들이던 노을도 구름도 불러다가.

수해 樹海

도끼에 닿기만 하면 선 채로 썩어지는 나무
한 번 보기만 해도 삽시에 연기로 가라앉는 나무
몇 백 리 지름을 가진 그런 숲 속에 묻히고 있다.

숨을 거두는 향기 속에 멍석만 한 꽃이 피고
먹으면 마취痲醉되는 아름드리 복숭아 열매
인종은 벌레만 못해, 발도 아예 못 붙인 이곳.

칠흑의 머리를 푼 수양버들이 달려오고
휘황한 불이 떨어지는 계수나무도 달려와서
구천九天에 휘장을 두르고 세상 밖에 노닐고 있다.

회심곡回心曲

1

바다 위에서 꽃이 피기는
심씨황후沈氏皇后 때 겨우 있었던 일
한꺼번에 세 송이나 피어나기는
바다가 접시 위에 옮아온 다음의 일.
수염을 꼬아 물고 앉았노라면
중천中天에는 전등 같은 달이 떠온다.

2

꽃은 연꽃인데 잎은 당초唐草잎
잎은 문어발로 춤을 춘다.
구름도 허리를 쥐는 현악絃樂에 따라
일렬횡대로 쭈욱 늘어서고
오가진 문어발이 어깨춤 춘다.
내 말이 거짓말인가 마음 돌려라.

고아孤兒 말세리노*의 입김

길가 쓰레기 속에서 주워온 아이의 입김.
그날 없어진 빵과 해어진 담요 조각은
캄캄한 창고 하나를 빛으로 가득 채웠다.

어느 해 치운 겨울날 정동貞洞 외진 뒷골목
이따금 헐벗은 나뭇가지들이 간들거렸다.
그 아이 밤새 예 와서 입김 녹이다가 갔던가.

올해도 차츰 저물어 책은 불쏘시개나 할까
쓸 때 못 쓰면 쇠붙이도 녹이 스는 법
살얼음 엉긴 가슴엔 입김이란 아예 닿지 않는다.

*) 이태리伊太利 가톨릭 설화에 나오는 아이 이름.

인간人間나라 생불生佛나라의 수도首都

신라新羅 일천년一千年 서라벌은 한 왕조王朝 아니라, 한 왕
조의 서울 아니라, 진실로 인간의 서울, 오직 인간 나라의
서울이니라.

한 가닥 젓대의 울림으로 만萬이랑 사나운 물결도 잠재운
나라, 모란빛 진한 피비림도 새하얀 젖줄로 용솟음치운 나
라, 첫새벽 홀어미의 사련邪戀도 여울물에 헹궈서 건네 준
나라, 그 나라에 또 소 몰던 백발도, 행차에 나선 젊으나 젊은
남의 아내도, 서로 죄 없는 눈짓 마주쳤느니

꽃벼랑 드높은 언덕을 단숨에 뛰어올라, 기어올라, 천지는
보오얀 봄안개로 덮이던 생불나라, 생불들의 수도이니라.

고산자古山子 김정호金正浩 선생송先生頌

철쭉이 진다. 전신全身에 철쭉이 진다. 만산滿山 철쭉이 점점이 어룽진다. 흥건히 떨어져 수북이 꽃잎은 쌓인다.

바람도 햇빛도 오지 않는 이 세상 저승, 전옥서典獄署 감방 안엔, 뒤척여 뒤척여도 굴신조차 할 수 없는 한 분 수인囚人이 앉아 있다. 만고에 외로운 수인이 앉아 있다. 날이 날마다 그 습하고 어두운 그늘에 묻히어, 바랠 대로 바래져 흴 대로 희어진 그의 살갗 위에 꽃잎이 난장亂杖으로 어룽진다. 어룽진 꽃잎은 또 어쩌면 그리도 영절스레 산을 그리고 강을 그리던가. 오오 대동여지도大東興地圖! 저기 천 년 묵은 지네처럼 산의 등뼈 갈비뼈를 새겨내던 그의 팔뚝, 그의 부르튼 손끝이 파르르 떨고 있다.

보아라 저 백두산 천지, 한라산 백록담에도 한결같이 그의 푸른 마음은 떨고 있다. 달빛처럼 드푸른 마음은 떨고 있다. 지금 이백 년 후생後生의 가녀린 가슴에도 사시나무 떨듯 그렇게 떨고 있다.

3

금金을 넝마로 하는 술사術士에게

네 앞에 있으면 그저 멍멍하구나. 어디에 대질렸던지 산산이 금간 저 혼령魂靈의 거죽. 이제사 나도 너처럼 나를 놓아버리고저! 그동안 얼마나 부질없는 기나긴 여행이던가.

저희가 손끝으로 날리던 명목名目의 새는, 공중에 표표하는 나뭇잎 부스러기 종이 조바기…… 너는 또 이네들을 하나하나 옷 입히는 자상한 술사. 일찍이 너를 기웃거린 그 많은 구경꾼. 숫제 다른 박수와 눈물을 찾아 길을 떠났지만.

그러나, 또 무슨 꿈으로 요량하는가. 어느새 손바닥에 궁궐이 서고, 머리 위에 내려앉는 머언 두우斗牛의 물빛! 여지껏 광을 내던 나의 금은, 오호嗚呼라 네 앞에서만 이렇게 마구 넝마처럼 뒹구는구나.

과학 비非과학 비비非非과학적 실험

　한 장의 무색투명한 거울이 수직으로 걸어온다. 맞은편에서도 꼭 같은 무색투명한 거울이 수직으로 걸어온다. 이 두 장의 거울은 잠시 한 장의 거울로 밀착되었다가, 다시 둘로 갈라져 제각기 발뒤축을 사뿐히 들고 뒤로 물러선다.

　뜻밖에 이 난데없는 거울 앞에, 또 난데없는 손이 하나 나타나 한 자루의 촛불을 밝혀 든다. 순간, 촛불은 앞뒤로 비친다. 하나의 촛불은 하나의 촛불로 비추고, 그 비쳐진 촛불은 촛불을 비추고, 비쳐진 촛불은 촛불을 비추고, 다시 비추고 비치고, 비치고 비추고, 일천의 촛불은 일천의 촛불을 비추고, 천만 억만의 촛불은 천만 억만의 촛불을 비추고, 항하사恒河沙의 촛불은 항하사로 비추고, 아승기阿僧祇의 촛불은 아승기로 비추고, 나유타那由他 불가사의不可思議의 촛불은 나유타 불가사의로 비추고, 다시 비치고 비추고 비추고 비치고, 무량무진無量無盡의 촛불은 무량무진의 촛불로 비춘다.

오호라, 이 무량무진의 촛불은 먼저 그 단 하나의 촛불이 꺼지는 일순! 그 일순에 다아 꺼져, 일체의 무명無明 무무명無無明 속에 잠기고 마는 사실을 내 지금 확실히 보고 있다. 명명明明한 실험을 통하여 내 지금 명명히 촛불 보듯 보고 있다.

묵墨을 갈다가

묵을 갈다가
문득 수몰水沒된 무덤을 생각한다.
물 위에 꽃을 뿌리는 이의 마음을 생각한다.
꽃은 물에 떠서 흐르고
마음은 춧돌을 달고 물밑으로 가라앉는다.

묵을 갈다가
제삿날 놋그릇 같은 달빛을 생각한다.
그 숲 속, 그 달빛 속 인기척을 생각한다.
엿듣지 마라 엿듣지 마라
용케도 살아남았으니
이제 들려줄 것은 벌레의 울음소리밖에 없다.

밤마다 밤이 이슥토록
묵을 갈다가
벼루에 흥건히 괴는 먹물
먹물은 갑자기 선지빛으로 변한다.
사람은 해치지도 않았는데
지울 수 없는 선지빛은 온 가슴을 번져난다.

화창和暢한 날

우리 평생에 이런 날이 며칠이나 될까. 지금 강변로江邊路엔 꾀꼬리빛 수양버들, 머리 푼 세우細雨처럼 드리웠다. 흩뿌리는 시늉으로 천만사千萬絲 가지마다 드리워 있다.

휘장에 가리운 외인묘지外人墓地. 저 호젓한 구릉丘陵에도 초록빛 사이사이, 흰 묘비墓碑 사이사이, 연요꽃 노오랗게 어우러졌다. 브로크 담장밖엔 살빛 분홍꽃도 조금씩 조금씩 초친 듯이 번져난다.

여기는 절두산切頭山 드높인 성당聖堂, 낭떠러지 받쳐 든 위태로운 난간欄干을 기대선다. 삶과 죽음마저 남의 일처럼 굽어보기에 알맞은 곳. 살아있는 외로움이 뼈에 사무친다.

어느 가을

언제나 이맘때면 담장에 수繡를 놓던 담쟁이넝쿨. 그 병病든 잎새 넝쿨마다 매달린 채 대롱거린다.

가로街路의 으능나무들 헤프게 흩뿌리던 그 황금黃金의 파편破片, 이 또한 옛날 애기. 지금은 때 묻은 남루조각, 앙상한 가지마다 걸려있다. 추레하게 걸려있다.

멸구에 찢긴 논두렁 허옇게 몸져눕고, 사람 같은 사람은 벌레만도 못해 이젠 마음 놓고 한 번 울어 볼 수도 없다.

벽화壁畵
— 어느 날의 이중섭

새로 도배한 하얀 벽 앞에 앉아있다. 끝난 세상을 내다보듯 하얀 이 벽 앞에 앉아, 그동안 얼마를 돌아다녔는지 헤아려본다. 절뚝거리고 온 그 발자국마다 차례로 눈이 내려 덮이고 있다. 아무런 흔적 없이 덮이고 있다.

그런 것이다. 그런 걸 혼자 그렇다 생각하고 술을 따른다. 투명한 유리잔에 투명한 술이 넘친다. 한 모금 술로 전신이 찌릿해 온다. 눈시울을 스치는 가벼운 경련! 내 어찌 미칠 것인가. 너희들의 이유로 내가 어찌 미칠 것인가. 나는 오직 나로 하여 미칠 뿐이다.

여전히 하얀 벽 앞에 앉아 있다. 유리잔 속에도 떨고 있는 하얀 벽. 깨물고 싶어, 지독한 결백으로 깨물고 싶어. 입 속에 잔을 넣고 짓씹는다. 혀를 찌른 유리 파편! 뿜어 내인 하얀 벽은 난데없는 꽃으로 만개한다. 새빨간 꽃잎 눈 위에 얼룩진다.

부처님 돌이乭伊가 막일꾼 차돌이次乭伊에게 · 1

꽃방석 아니라
어떤 진구렁에라도
수인手印을 짓고
앉아 기다릴께.

목이 달아나고
몸까지 삭아내린대도
마음속 이 사리舍利
빛나고 있는 동안은.

지척에 두고 못 찾던
그날의 내 미간眉間,
오늘사 인부人夫 차돌이가
들고 올 줄이야.

부처님 돌이乭伊가 막일꾼 차돌이次乭伊에게 · 2

내 머리가 나온 골짝은 덤풀 속의 남산南山 골짝. 내 가슴,
내 동체胴體가 나온 골짝은 이름도 모를 어느 외따른 산골짝.

나는 석씨釋氏의 출가세자出家世子 석돌이, 너는 경주慶州
의 막일꾼 차돌이, 한 뜨락 같은 비바람을 함께 맞은 인연이
얼마나 지중至重턴가.

돌 속을 흐르던 나의 피, 돌 속에서 뛰던 너의 숨결. 묘하
여라 차돌이, 일자무식一字無識 차돌이, 네가 짚어 알았어라.

봉선화鳳仙花

비 오자 장독대에 봉선화 반만 벌어
해마다 피는 꽃을 나만 두고 볼 것인가
세세한 사연을 적어 누님께로 보내자

누님이 편지 보며 하마 울까 웃으실까
눈앞에 삼삼이는 고향집을 그리시고
손톱에 꽃물들이던 그날 생각하시리

양지에 마주 앉아 실로 찬찬 매어 주던
하얀 손 가락가락이 연붉은 그 손톱을
지금은 꿈속에 본 듯 힘줄만이 서노나.

모란

봄을 이운 뜨락에 눈부신 죄罪를 짓자.
바람 없는 날도 나울 쳐 나울이 쳐
그 외침 불길로 번져 살찌짐을 하건만.

여기 어느 궁궐, 담을 넘어온 도둑같이
눈으로 간음하기 다시는 못할 노릇
화사한 고약을 조려 아린 데를 덮어라.

4

백자부白磁賦

찬 서리 눈보라에 절개 외려 푸르르고,
바람이 절로 이는 소나무 굽은 가지,
이제 막 백학白鶴 한 쌍이 앉아 깃을 접는다.

드높은 부연附椽 끝에 풍경風磬 소리 들리던 날,
몹사리 기다리던 그린 임이 오셨을 제.
꽃 아래 빚은 그 술을 여기 담아 오도다.

갸우숙 바위틈에 불로초不老草 돋아나고,
채운彩雲 비껴 날고 시냇물도 흐르는데,
아직도 사슴 한 마리 숲을 뛰어드노다.

불 속에 구워 내도 얼음같이 하얀 살결,
티 하나 내려와도 그대로 흠이 지다.
흙 속에 잃은 그날은 이리 순박純朴하도다.

청자부 靑磁賦

보면 깨끔하고 만지면 매촐하고
신神거러운 손아귀에 한 줌 흙이 주물러져
천 년 전 봄은 그대로 가시지도 않았네

휘넝청 버들가지 포롬히 어린 빛이
눈물 고인 눈으로 보는 듯 연연하고
몇 포기 난초蘭草 그늘에 물오리가 두둥실!

고려高麗의 개인 하늘 호심湖心에 잠겨 있고
수그린 꽃송이도 향내 곧 풍기거니
두 날개 향수鄕愁를 접고 울어볼 줄 모르네

붓끝으로 꼭 찍은 오리 너 눈동자엔
풍안風眼 테 넘어보는 할아버지 입초리로
말없이 머금어 웃던 그 모습이 보이리

어깨 벌숨하고 목잡이 오무속하고
요조리 어루만지면 따스론 임의 손길
천 년을 흐른 오늘에 상기 아니 식었네

옥저玉笛

57

지그시 눈을 감고 입술을 축이시며
뚫린 구멍마다 임의 손이 움직일 때
그 소리 은하銀河 흐르듯 서라벌에 퍼지다

끝없이 맑은소리 천 년을 머금은 채
따스히 서린 입김 상기도 남았거니
차라리 외로울망정 뜻을 달리하리오

다보탑 多寶塔

불꽃이 이리 튀고 돌조각이 저리 튀고
밤을 낮을 삼아 정 소리가 요란터니,
불국사 백운교 위에 탑이 솟아오르다.

꽃쟁반 팔모 난간 층층이 고운 모양!
임의 손 간 데마다 돌옷은 새로 피고,
머리엔 푸른 하늘을 받쳐 이고 있도다.

십일면관음 十一面觀音

의젓이 연좌蓮座 위에 발돋움하고 서서
속눈썹 조으는 듯 동해東海를 굽어보고
그 무슨 연유緣由 깊은 일 하마 말씀하실까.

몸짓만 사리어도 흔들리는 구슬 소리,
옷자락 겹친 속에 살결이 뙤비치고,
도도록 내민 젖가슴 숨도 고이 쉬도다.

해마다 봄날 밤에 두견杜鵑이 슬피 울고,
허구헌 긴 세월이 덧없이 흐르건만
황홀한 꿈속에 쌓여 홀로 미소微笑하시다.

대불大佛

  — 석굴암石窟庵

가까이 보이려면 우러러 눈물겹고
나서서 뵈올사록 후광後光이 떠오르고
사르르 눈을 뜨시면 빛이 굴窟에 차도다.

어깨 드오시사 연꽃하늘 높아지고
나한羅漢도 물러서다 가슴을 펴오시니
임이여! 큰 한 그 뜻은 다시 이뤄지이다.

달의 노래

— 이호우사백爾毫愚詞伯 영전靈前에

낙동강 나루터에 달빛만 푸르다더냐
사슬 묶인 날은 그 마음 더 푸르더니
풀섶에 생애를 묻고, 몸도 마저 묻힌다.

쫓는 사냥꾼에 발을 삔 사슴이처럼
빗장 닫아걸고, 나를 반겨 숨겨 주던 밤
그 밤도 푸른 달빛은 뜰에 가득했어라.

집을 옮기고 뜰도 예대로 옮겨오고
그 목과木果 사람처럼 풍상에 부대끼더니
익어서 떨어지는 소리, 미리 듣고 알던가.

긴긴 밤 걷히어도 갈피조차 못할 판국版局
외로 닦은 길을 손잡고 가쟀으나
저 어둠 다시 헹궈낼 달은 이미 잠겼다.

남은 온기溫氣

— 가람 선생 영전靈前에

계동桂洞 제일 막바지 물지게 진 젊은 아낙
말 좀 물읍시다, 가람 선생 댁이 어디요
먹기와 낡은 오막집 눈으로만 가리키네.

대문을 두드리자 짐작으로 알으신 척
어줍은 걸음걸이 면도마저 잊으시고
너무나 외로우시던 참에 눈빛으로 반기시다.

서울에 오래 사셔도 시골서 갓 오신 티
그 말씀 그 웃음 어디 하나 다치신가
구들목 남은 온기溫氣나처럼 밤을 에워 쌓더니

지금은 옛집 뒷산 흙으로 돌아가고
그의 남긴 글은 밤낮으로 입에 올려
사람이 죽고 사는 일을 무관하게 하시네.

연적硯滴

손에 쥐고 왔다 다시 옮겨 쥐여준다.
그가 데운 온기, 내 살에 스미는 백자
이 희고 둥근 모양을 어따 도로 옮기나.

흙이 불에 들어 한 줌 뭉친 눈송이!
손과 손을 거쳐 오늘 여기 내온 모양
시시로 볼에 문질러 눈을 감고 찾는다.

눈에 묻은 때는 눈으로 씻어내고
마음 어린 그림자 마음으로 굽어보다
어디메 홈대를 지르고 다시 너를 채울까.

형상

설레던 그 물결이 이다지도 잔잔터냐
너 얼마를 깊은 데서 씻기어 나왔기에
한 오리 추억도 아예 발붙이지 못하느냐.

목숨을 받아나기 오죽이나 힘든 일가
아침 빛 건너오면 무심한 채 돌아봐도
빌려 온 거죽 안에서 향내만이 들리거니.

세례洗禮

입춘 가까운 볕살은 볼 부비는 시늉
숲 속에 틈바구니에 한창 자랑스런 공사工師,
그 위에 생금生金가루 물을 뿌린다, 그 누구요.

5

비취인령가翡翠印靈歌 「파편破片 기일其一」

본디 끝없다가 또 다른 모양을 금긋던 부분
이렇게 한 결정結晶으로 돌아온 내 슬픈 비눌이여
깊은 밤 미친 풀무질 속에 녹아나온 혼령이여.

하늘 푸르른 거미줄에 걸려든 진사辰砂 꽃잎!
다시 어느 무한으로 잘려간 저 구름의 꼬리
무너진 너의 잠적潛跡을 찾아 구조構造안에 머무느냐.

포도인령가葡萄印靈歌「파편破片 기일其二」

아픔을, 손때 절인 이 적막한 너희 아픔을,
잠자다 소스라치다 꿈에서도 뒹굴었다만
외마디 끊어진 신음, 다시 묻어나오는 바람을.

풀고 풀어볼수록 가슴 누르는 찍찍한 붕대 밑
선지피 얼룩진 한 송이 꾀벗은 포도알!
오늘이 오늘만 아닌 저 끝없는 기슭을 보라.

꽃피는 숨결에도

꽃피는 숨결에도 자미子美는 눈물지다.
고운 그 마음에 짐 지운 아픔이라
스스로 꽃다운 몸짓, 몸가짐이 설어라.

먼 앞대 바닷가엔 첫눈이 내렸다냐
헐벗은 저 나무들 밤낮없이 우니는데
내 어찌 가슴 조임을 벌 받는다 하리오.

무연無緣

뜰 안에 매화 등걸 팔꿈치 담장에 얹고
행길로 가던 분도 눈여겨보게 한다.
한솥에 살아온 너희는 언제 만나 보겠노.

축제 祝祭

살구나무 허리를 타고 살구나무 혼령이 나와
채선彩扇을 펼쳐 들고 신명나는 굿을 한다.
자줏빛 진분홍을 돌아, 또 꽃분홍에 연분홍!

봄을 누룩 딛고 술을 빚는 손이 있다.
헝클어진 가지마다 게워 넘친 화사한 발효醱酵
천지를 뒤덮는 큰 잔치가 하마 가까와 오나부다.

촬영撮影

입덧 난 유백乳白 속에 동자童子들이 숨어 있다.
서로 시새우며 또 마주 희롱하며
어느 날 비눗물을 찍어, 불던 일을 되새기며

초순初旬 개인 하늘빛 창살에 깔리는 아침
젊은 안주인이 달리아를 꽂아 놓고
옷자락 옮겨가는 소릴 귀담아들 듣고 있다.

다시 조용해진다, 얼마나 무료했던가
제여금 꽃대를 입에 물고 불어본다.
탐지고 예쁜 꽃송이들이 비눗방울모양 부푼다.

어느 날

구두를 새로 지어 딸에게 신겨주고

저만치 가는 양을 물끄러미 바라보다

한 생애生涯 사무치던 일도 저리 쉽게 가것네.

딸에게 주는 홀기 笏記

십 년이면 강산 둘레 풀빛도 변한다는데
그 십 년, 갑절도 넘겨 지고 온 애젓턴 짐을
그토록 애젓턴 짐을, 부리고 돌아서는 허전함이여.

빚지지 못해보고 어이해 그 빚을 갚는다느냐
보아라, 수양산首陽山 그늘은 강동팔십리江東八十里
내 도로 너희들 그늘에 묻혀 홀笏이나 불러주마.

도장圖章

옛날 옹기甕器장수 순舜임금도 지나가고, 안경眼鏡알 닦던 스피노자도 지나가던 길목. 그 길목에 한 불우不遇의 소년이 앉아, 도장을 새긴다.

전황석田黃石을 새기다 전황석의 고운 무늴 눈에 재우고, 상아象牙를 새기다 상아의 여문 질을 손에 태운다. 향목木도 홰양목木도 마저 새겨, 동글한 도장, 네모난 도장, 온갖 도장을 다 새긴다. 하고 많은 글자 중에 사람들의 이름자字, 꽃이름 새 이름도 아닌 사람들의 이름자字, 꽃 모양 새 모양으로 전자체篆字體를 새긴다.

그 소년, 잠시 칼질을 멎고, 지나가는 얼굴들을 바라본다. 그 많은 얼굴 하나같이, 지울 수 없는 도장들이 새겨져 있다. 찍혀져 있다.

을유년乙酉年, 해방되던 해 늦여름 경부선京釜線 차 중에서 우연히 자리를 나란히 했던 것이 초정 선생과의 첫 만남이었다.

이래爾來 4반세기가 넘도록 천 리를 상거相距했거나 조석朝夕으로 상종했거나에 아랑곳없이, 그 교계交契는 오늘에 이른다.

그 사이 온갖 신산辛酸과 풍상이 겹쳐 때로 조령凋零의 고비가 한두 번이 아니었으나, 그런 속에서도 한결같기는 의연하고 영롱한 시심이었다.

그때 그 푸르렀던 머리숱에는 서리가 내리고 지천명知天命의 고개를 넘어선 이제, 시작詩作의 어려움과 시도詩道에의 복됨을 비로소 알기에 이르렀노라고 술회述懷한다.

평소 시를 읊어보지 못한 터로, 어찌 시와 시업詩業에의 기미機微를 안다고 할까마는, 그런데도 초정 선생의 삼행시를 두고 마냥 기쁨과 슬픔과 노여움을 더불어 하고, 더러는 그 행간의 여백에서 오히려 더 많은 대화를 나누게 되는 스스로에 당혹한다.

짐짓 삼행시가 이와 같음은 구구절절이 초정 선생의 뼈와 살을 타고, 또 피를 갈라 체온과 언령言靈을 나눈 분신인 소이所以인가도 싶다.

오랜 전래의 가락이 새로운 모습으로 발원發願된 초정 선생의 시, 그리고 그 시적 창업創業이 일월日月로 더불어 회자膾炙되고, 길이 누리에 빛날 것을 믿어 마지않는다.

계축癸丑 맹춘孟春

예 용 해 芮庸海 식識

<자선시선집 『삼행시 63편』(1973년 4월 15일)>

김 상 옥

연 보

1920(1세) 5월 3일 경남 통영시 항남동 64에서 아버지 기호箕湖 김덕홍金德洪과 어머니 진수아陳壽牙의 1남 6녀 중 막내로 태어남. 아호雅號는 초정草丁 외 30여 개.

1926(7세) 한문서당 송호제松湖齊에서 최연소자로 수강, 학업성적이 뛰어나 시험 때마다 괴魁(으뜸의 성적)를 받음.

1927(8세) 3월 17일 아버지 병사. 통영공립보통학교 입학.

1932(13세) 통영보통학교 교지 ≪여황艅艎의 록綠≫에 동시「꿈」이 실림.

1933(14세) 보통학교 졸업. 생계를 위해 향리의 남강인쇄소에서 견습공으로 일함.

1934(15세) 금융조합연합회 신문 공모전에 김소운金素雲 추천으로 동시「제비」가 당선되며 첫 활자화됨. 이어서 동시「연필」발표.
1930년 이후 35년까지 우리나라 최초의 시조 동인지 ≪참새≫ 동인이었던 진산眞山 이찬근李瓚根에게 시와 서예, 그리고 완산琓汕 김지옥金址沃에게 서화, 전각을 사사함. 동향의 선배 노제蘆提 장춘식張春植으로부터 문학, 연극, 영화 등 예술 전반에 걸쳐 지도를 받음.

1936(17세) 조연현趙演鉉과 함께 시지詩誌 ≪아芽≫ 동인. 송맹수宋孟秀(옥사), 김기섭金杞燮, 장응두張應斗, 윤이상尹伊桑 등과 함께 일경에 체포됨.

1937(18세) 일경을 피해 넷째 누나 부금富今이 살던 두만강
구 근처 서수라西水羅, 아오지阿吾地, 청진淸津
등지를 전전 유랑함.

1938(19세) 김용호, 함윤수 등과 함께 시지詩誌 ≪맥貘≫
동인. 후에 임화, 서정주, 박남수, 윤곤강 합류.

1939(20세) 10월 문예지 ≪문장文章≫ 제1권 9호에 시조「
봉선화」가 가람 이병기의 추천을 받음. 11월 1
5일 동아일보 제 2회 시조 공모에 「낙엽」이 당
선됨.

1943(24세) 1월 11일 김정자金貞子와 결혼. 통영경찰서 유
치장에 6개월간 수감.

1944(25세) 첫딸 훈비薰妃 출생. 1945년에 병사.

1945(26세) 2월 삼천포에서 윤이상과 상경하여 8·15해
방까지 피신. 상경 도중에 대구 이호우의 집에
서 약 1개월 간 숨어 지냄. 서울 도착 첫날을
애국지사 이연호李然浩(시인 이상화의 형) 유족
집에서 보냄. 종로1가 종각 근처 한규복의 도
장포에 취업. 전각 솜씨가 소문나면서 전각의
대가이기도 한 위창 오세창을 만남.
해방 후 유치환, 윤이상, 전혁림, 김춘수 등과
함께 통영문화협회(회장 유치환)를 만들어 예
술운동 전개.

1946(27세) 8월 딸 훈정薰庭 출생. 70년 김성익과 결혼, 외
            손 남종南宗. 이후 부산, 마산, 삼천포 및 향리
            에서 20여년에 걸쳐 중고교에서 교편을 잡음.

1947(28세) 4월 15일 시조집 『초적草笛』(수향서헌) 간행,
            편집, 문선 조판, 장정, 인쇄, 제본까지 전 과정
            을 혼자 손으로 해냄.

1949(30세) 1월 12일 시집 『고원故園의 곡』(성문사) 간행.
            6월 15일 시집 『이단異端의 시詩』(성문사) 간
            행. 8월 윤이상 작곡집 『달무리』에 시조 「추
            천鞦韆」과 시 「봉선화('편지'로 고침)」가 곡을
            붙여 수록됨.

1951(32세) 1월 딸 훈아薰阿 출생. 77년 정찬훈과 결혼, 외
            손 장민長民.

1952(33세) 10월 5일 동시집 『석류꽃』(현대사) 간행. 문교
            부 편수국에서 활자체 심의를 위한 자문위원
            으로 위촉.

1953(34세)   1월 아들 홍우弘羽 출생. 78년 이문희와 결혼,
            손녀 유란由蘭, 유하由夏.
            2월 20일 시집 『의상衣裳』(현대사) 간행.

1954(35세) 봄 충무공 이순신 시비를 통영 남망산에 건립
            하는데 주도하여 비명碑銘을 짓고 글씨를 씀.
            통영문협 문총지부를 재건하고 ≪참새≫를 타
            블로이드판으로 복간함. 8월 13일 어머니 작고.

1956(37세) 5월 5일 시집 『목석의 노래』(청우출판사) 간행.

1960(41세) 4월 신현중愼弦重의 도움으로 한국시단韓國詩壇
1집을 편집장으로서 펴냄. 사회공로훈장을 받음.

1963(44세) 서울로 이주하여 인사동에서 표구사 아자방亞
字房을 경영하다 69년부터 골동가게로 경영.

1968(49세) 동아일보 신춘문예 시조 심사위원(1982년까
지). 문공부 신인문학상 <조선일보> <중앙일
보> <한국일보> <서울신문> <경향신문>의
신춘문예 심사위원 역임.

1972(53세) 11월 13일~19일 일본 쿄도京都 융채동隆彩洞
화랑에서 서화작품전 개최. 서예, 문인화, 현대
한국화 등 70여점 출품. 이밖에 2000년까지
서울, 부산, 대구, 대전, 마산, 전주, 진주 등지
에서 10여 회의 개인전을 가짐.

1973(54세) 4월 15일 삼행시집 『삼행시三行詩』(아자방) 간
행.

1974(55세) 4월 26일 국립중앙박물관 초청으로 '시詩와 도
자陶瓷' 특별 강연.

1975(56세) 12월 25일 산문집 『시詩와 도자陶瓷』(아자방)
간행.

1976(57세) 제1회 노산문학상 수상.

1980(61세) 4월 25일 회갑 기념 시집 『묵墨을 갈다가』(창
　　　　　작과 비평사) 간행.

1982(63세) 제1회 중앙시조대상 수상.

1983(64세) 11월 10일 『한국현대문학대계』 22권을 김상
　　　　　옥, 이호우 공저로 (지식산업사) 간행.

1989(70세) 고희기념 시집 『향기 남은 가을』(상서각) 간행.

1995(76세) 문화훈장 보관장 수령을 거절함. 12월 동인지
　　　　　≪맥貘≫을 38년 만에 다시 창간함.

1998(79세) 1월 10일 시집 『느티나무의 말』(상서각) 간행.

2000(81세) 6월 15일 팔순기념 육필시집 『눈길 한번 닿으
　　　　　면』(만인사) 간행. 백자예술상을 제정.

2001(82세) 1월 1일 시조 선집 『촉촉한 눈길』(태학사) 간행.
　　　　　가람문학상 수상.

2004(85세) 10월 26일 부인 김정자 작고.
　　　　　10월 31일 별세. 11월 3일 판교 공원묘지에
　　　　　안장.

〖한국대표명시선100〗을 펴내며

　　한국 현대시 100년의 금자탑은 장엄하다. 오랜 역사와 더불어 꽃피워온 얼·말·글의 새벽을 열었고 외세의 침략으로 역경과 수난 속에서도 모국어의 활화산은 더욱 불길을 뿜어 세계문학 속에 한국시의 참모습을 드러내게 되었다.

　　이 나라는 글의 나라였고 이 겨레는 시의 겨레였다. 글로 사직을 지키고 시로 살림하며 노래로 산과 물을 감싸왔다. 오늘 높아져 가는 겨레의 위상과 자존의 바탕에도 모국어의 위대한 용암이 들끓고 있음이다.

　　이제 우리는 이 땅의 시인들이 척박한 시대를 피땀으로 경작해온 풍성한 시의 수확을 먼 미래의 자손들에게까지 누리고 살 양식으로 공급하는 곳간을 여는 일에 나서야 할 때임을 깨닫고 서두르는 것이다.

　　일찍이 만해는 「님의 침묵」으로 빼앗긴 나라를 되찾고 잃어가는 민족정신을 일으켜 세우는 밑거름으로 삼았으며 그 기룸의 뜻은 높은 뫼로 솟아오르고 너른 바다로 뻗어나가고 있다.

　　만해가 시를 최초로 활자화한 것은 옥중시 「무궁화를 심고자」(《개벽》 27호 1922. 9)였다. 만해사상실천선양회는 그 아흔 돌을 맞아 만해의 시정신을 기리는 일의 하나로 '한국대표명시선100'을 펴내게 된 것이다.

　　이로써 시인들은 더욱 붓을 가다듬어 후세에 길이 남을 명편들을 낳는 일에 나서게 될 것이고, 이 겨레는 이 크나큰 모국어의 축복을 길이 가슴에 새겨나갈 것이다.

만해사상실천선양회

한국대표명시선100 | **김 상 옥**

백자부 白磁賦

1판1쇄 발행 2013년 6월 12일
1판2쇄 발행 2013년 6월 17일

지 은 이 김 상 옥
뽑 은 이 만해사상실천선양회
펴 낸 이 이 창 섭
펴 낸 곳 시인생각
등 록 번 호 제2012-000007호(2012.7.6)
주   소 경기도 양평군 옥천면 고읍로 164
          ㉾476-832
전   화 (031)955-4961
팩   스 (031)955-4960
홈 페 이 지 http://www.dhmunhak.com
이 메 일 lkb4000@hanmail.net

값 6,000원

ISBN 978-89-98047-47-4 03810

* 잘못된 책은 책을 구입하신 서점에서 교환하여 드립니다.

※ 이 책은 만해사상실천선양회의 지원으로 간행되었습니다.